CARMEN LUCIA CAMPOS
ESCREVEU

DARCI, VOCÊ ESTÁ AÍ?

MARCELLO ARAUJO
ILUSTROU

PANDA BOOKS

Texto © Carmen Lucia Campos
Ilustração © Marcello Araujo

Direção editorial
Marcelo Duarte
Patth Pachas
Tatiana Fulas

Gerente editorial
Vanessa Sayuri Sawada

Assistentes editoriais
Henrique Torres
Laís Cerullo

Assistente de arte
Samantha Culceag

Projeto gráfico, capa e diagramação
Amaiscom

Revisão
Clarisse Lyra

Impressão
PifferPrint

CIP-BRASIL. CATALOGAÇÃO NA PUBLICAÇÃO
SINDICATO NACIONAL DOS EDITORES DE LIVROS, RJ

C211d

Campos, Carmen Lucia
  Darci, você está aí? / Carmen Lucia Campos; ilustração Marcello Araujo. – 1.ed. – São Paulo: Panda Books, 2024. il.

ISBN 978-65-5697-327-2

1. Ficção. 2. Literatura infantojuvenil brasileira. I. Araujo, Marcello. II. Título

23-87325
CDD: 808.899282
CDU: 82-93(81

Meri Gleice Rodrigues de Souza – Bibliotecária – CRB-7/6439

2024
Todos os direitos reservados à Panda Books.
Um selo da Editora Original Ltda.
Rua Henrique Schaumann, 286, cj. 41
05413-010 – São Paulo – SP
Tel./Fax: (11) 3088-8444
edoriginal@pandabooks.com.br
www.pandabooks.com.br
Visite nosso Facebook, Instagram e Twitter.

Nenhuma parte desta publicação poderá ser reproduzida por qualquer meio ou forma sem a prévia autorização da Editora Original Ltda. A violação dos direitos autorais é crime estabelecido na Lei nº 9.610/98 e punido pelo artigo 184 do Código Penal.

PARA A DOUTORA MARIANA MANO, QUE ME HOSPEDOU.
PARA O MARCELLO, QUE TÃO BEM ME RETRATOU.
PARA VOCÊ, QUE MEU LIVRO COMPROU.

COM AMOR,

DARCI

TODA NOITE É A MESMA HISTÓRIA:

ELA ABRE A PORTA DA SALA,
OS OLHOS, ENTÃO, ARREGALA.

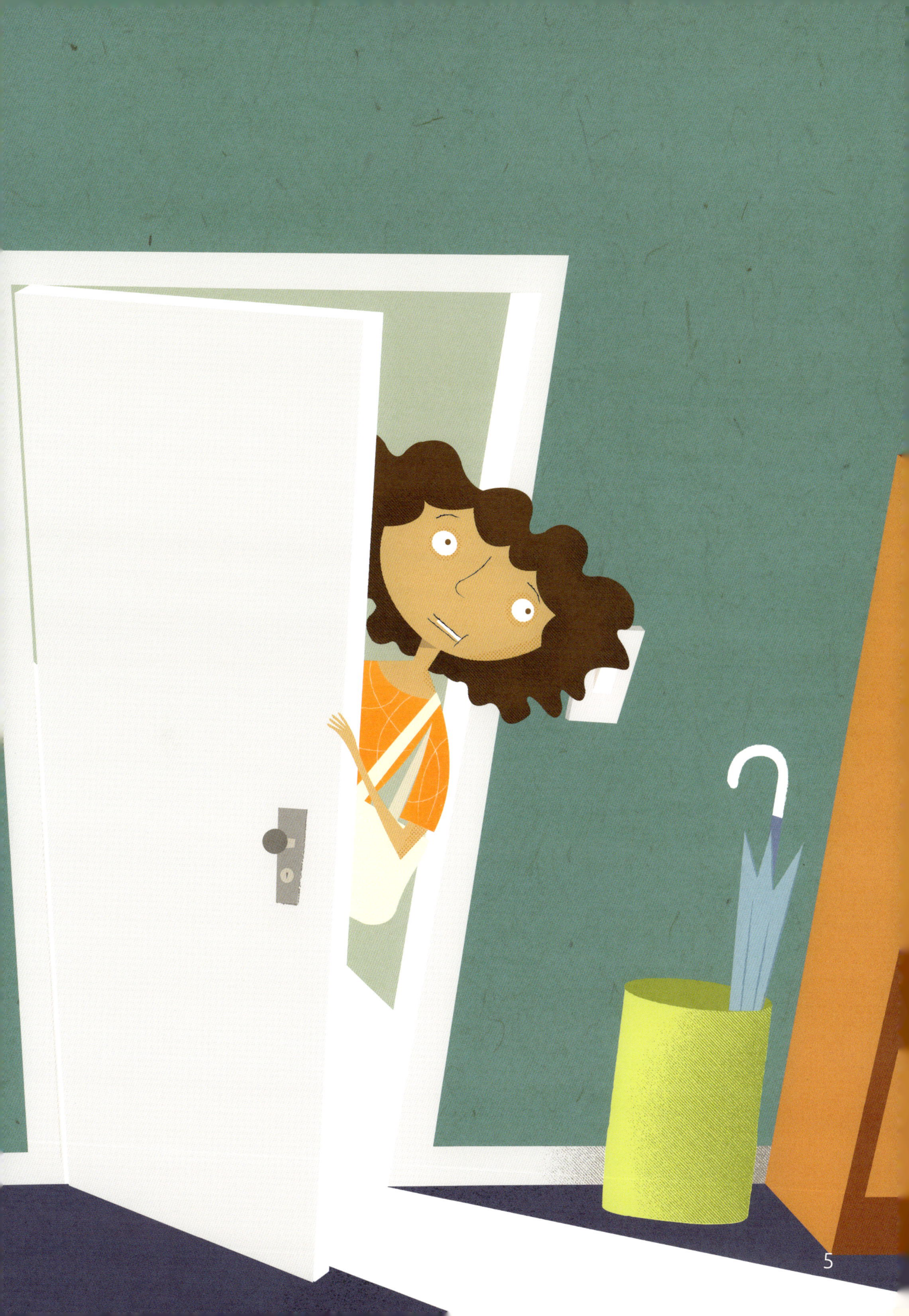

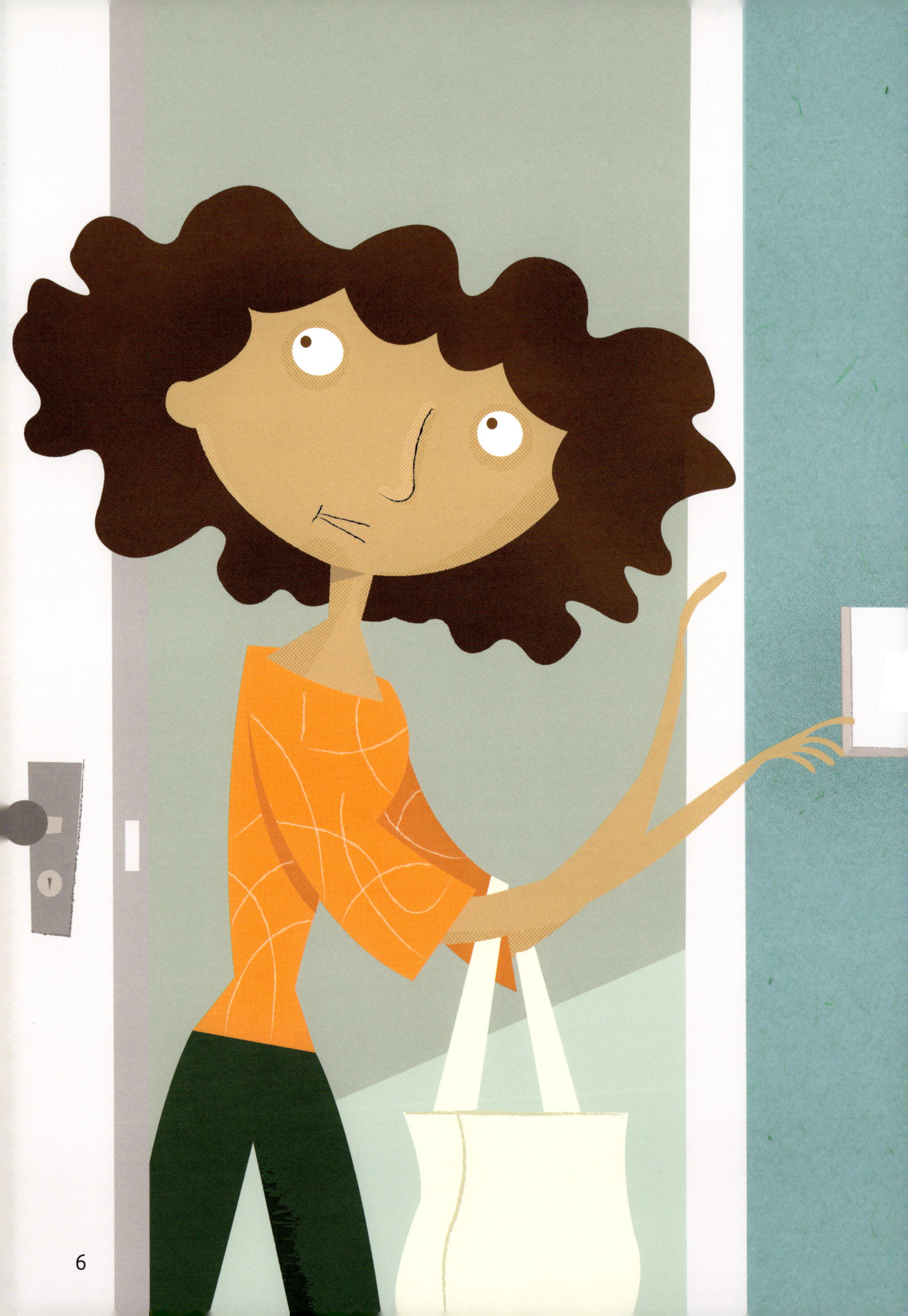

ACENDE A LUZ SEM DEMORA
E PERGUNTA, AINDA LÁ DE FORA:

– DARCI, VOCÊ ESTÁ AÍ?

DARCI...

ATÉ ESSE NOME INVENTOU PRA MIM.
MAS NÃO ADIANTA: NÃO, NÃO É ASSIM
QUE ELA VAI ME CONQUISTAR,
MUITO MENOS ME ENGANAR!

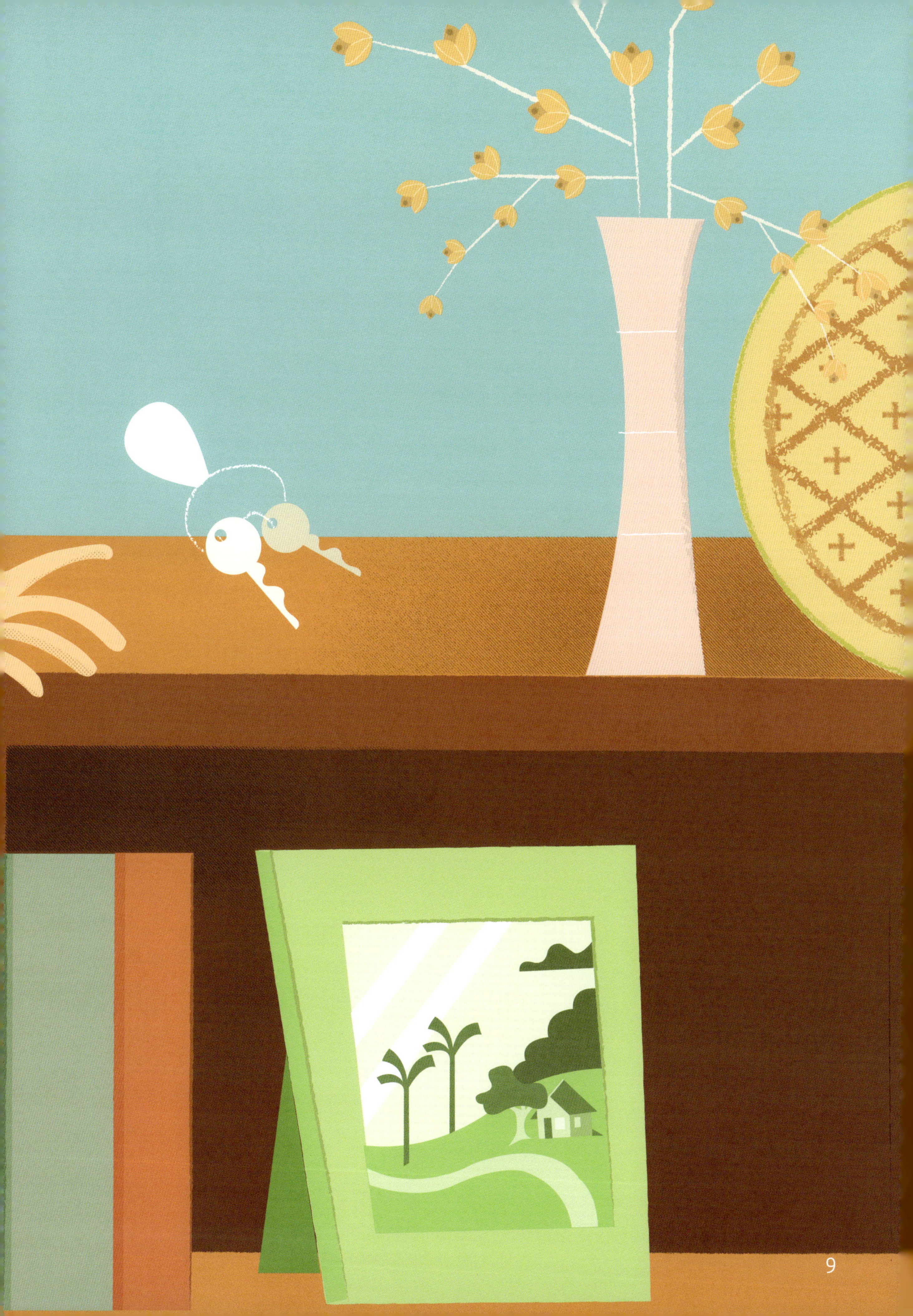

NOSSO PRIMEIRO ENCONTRO NÃO FOI DE AMOR.
PARECIA MAIS FILME DE TERROR!

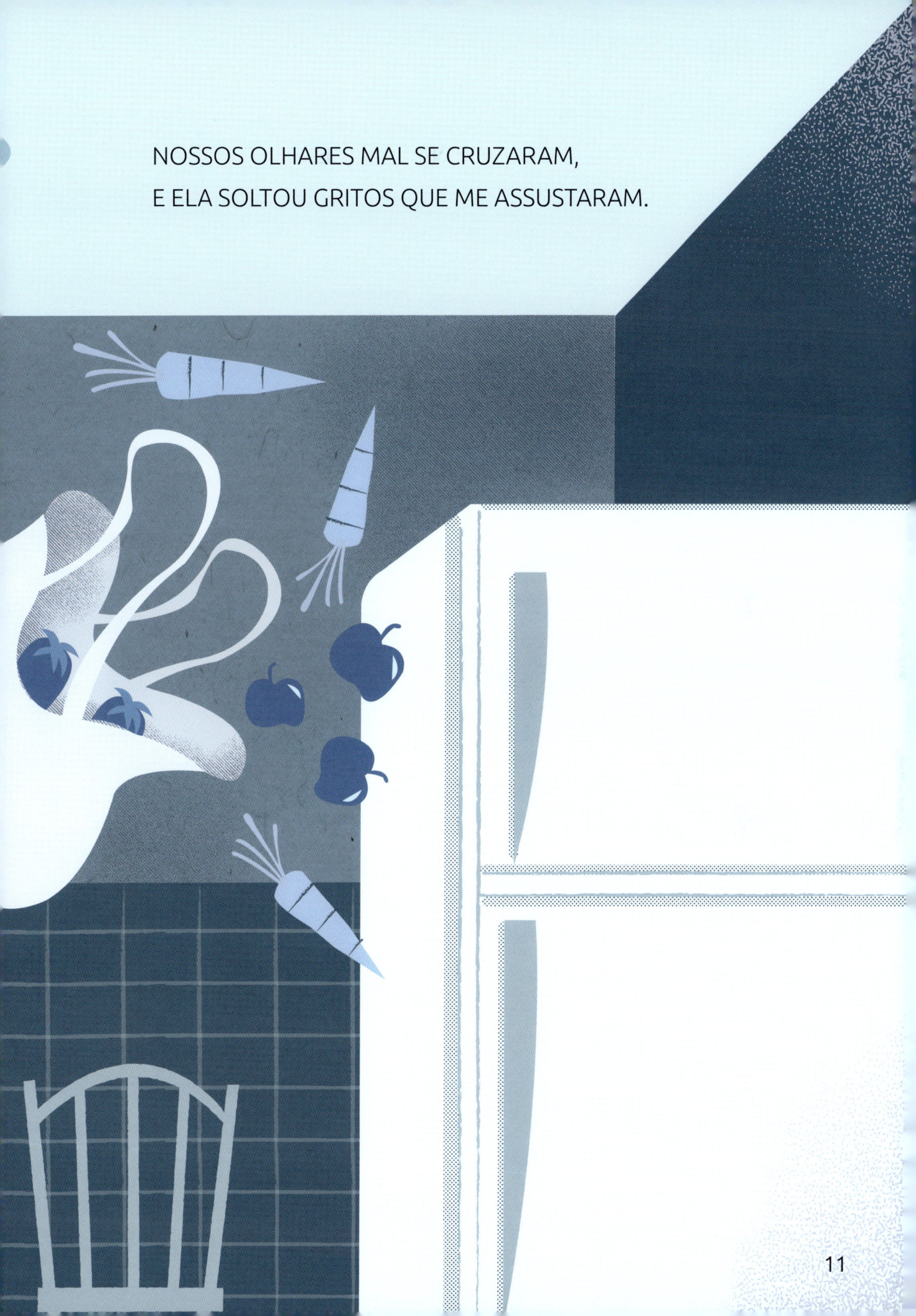

NOSSOS OLHARES MAL SE CRUZARAM,
E ELA SOLTOU GRITOS QUE ME ASSUSTARAM.

– DARCI, VOCÊ ESTÁ AÍ?

"NÃO SE PODE MAIS COCHILAR SOSSEGADA!",
FICO RECORDANDO A MINHA JORNADA.
"MEU DIA NÃO FOI MOLEZA: ANDEI, CANSEI, DORMI...
DEPOIS ACORDEI, PASSEEI, COCHILEI E DAÍ..."

– DARCI, VOCÊ ESTÁ AÍ?

NA PONTA DOS PÉS, ELA ENTRA DEVAGARINHO.
OBSERVA BEM TODO E QUALQUER CANTINHO.

OLHA PRA CIMA, PRA BAIXO, PRA CÁ E PRA LÁ,
E DE REPENTE A BOLSA ATIRA NO SOFÁ!

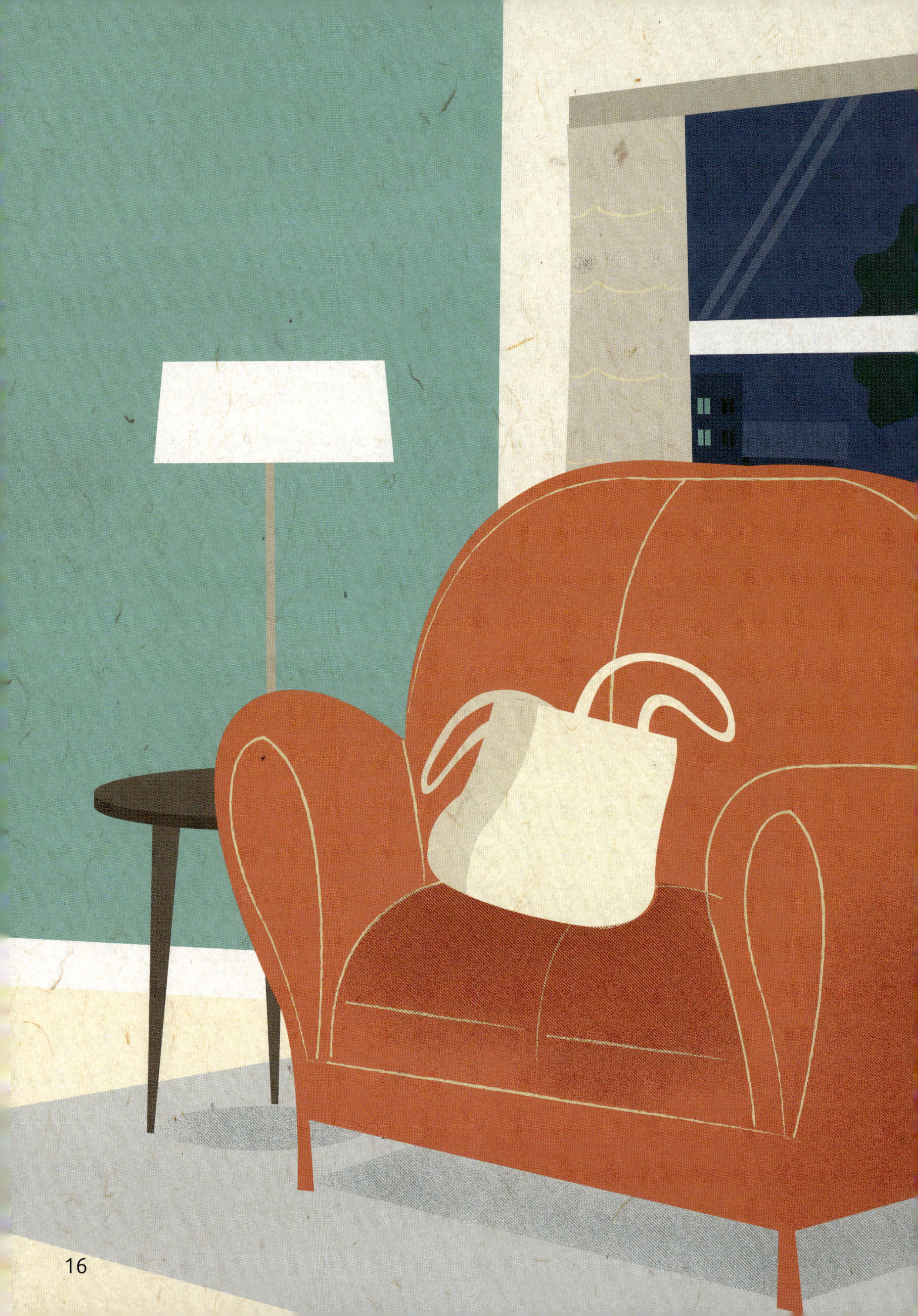

OPA! QUASE ACERTA MEU TRASEIRO!
ELA VAI CORRENDO PRO BANHEIRO
E ATÉ TROPEÇA NO CAMINHO!
APROVEITO, ENTÃO, PRA SAIR DE FININHO.

– DARCI, VOCÊ ESTÁ AÍ?

XI, ACABOU MEU SOSSEGO AQUI NA COZINHA.
SEI QUE ELA VAI COMER DEPRESSINHA.

E COM OS PÉS PRO ALTO, BEM LONGE DO CHÃO.
SERÁ QUE PENSA QUE VOU MORDER SEU DEDÃO?

NAFTALINA

OUTRO DIA, AO TELEFONE, FALOU DE ME ESPANTAR.
VASSOURA, NAFTALINA... NÃO QUERO NEM PENSAR.
ACHO QUE ESTOU CORRENDO UM PERIGO SEM FIM.
PRECISO SEM DEMORA CUIDAR DE MIM!

– DARCI, VOCÊ ESTÁ AÍ?

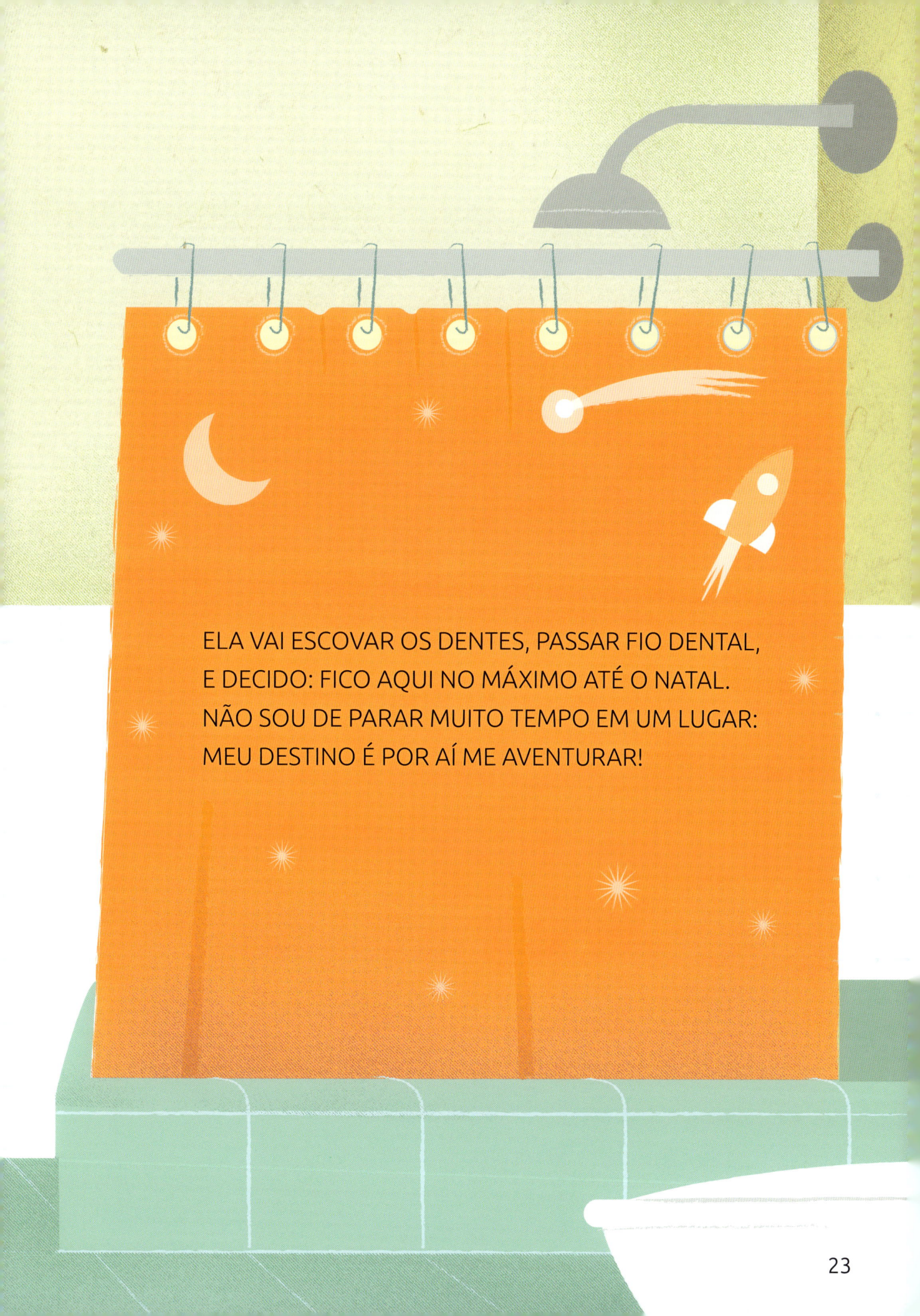

ELA VAI ESCOVAR OS DENTES, PASSAR FIO DENTAL,
E DECIDO: FICO AQUI NO MÁXIMO ATÉ O NATAL.
NÃO SOU DE PARAR MUITO TEMPO EM UM LUGAR:
MEU DESTINO É POR AÍ ME AVENTURAR!

— DARCI, VOCÊ ESTÁ AÍ?

NO QUARTO, LOGO FECHA A PORTA E A JANELA.
"MEU DEUS! O QUE SERÁ QUE DEU NELA?"
FAZ FRIO E ELA LIGA O VENTILADOR!
DEPOIS SE ESCONDE DEBAIXO DO COBERTOR.

TEM MEDO QUE EU CAIA LÁ DO TETO
E GRUDE NA SUA CABEÇA DIRETO.
ESSE RISCO ELA NÃO CORRE, EU GARANTO.
AFINAL, SOU UMA ALPINISTA E TANTO!

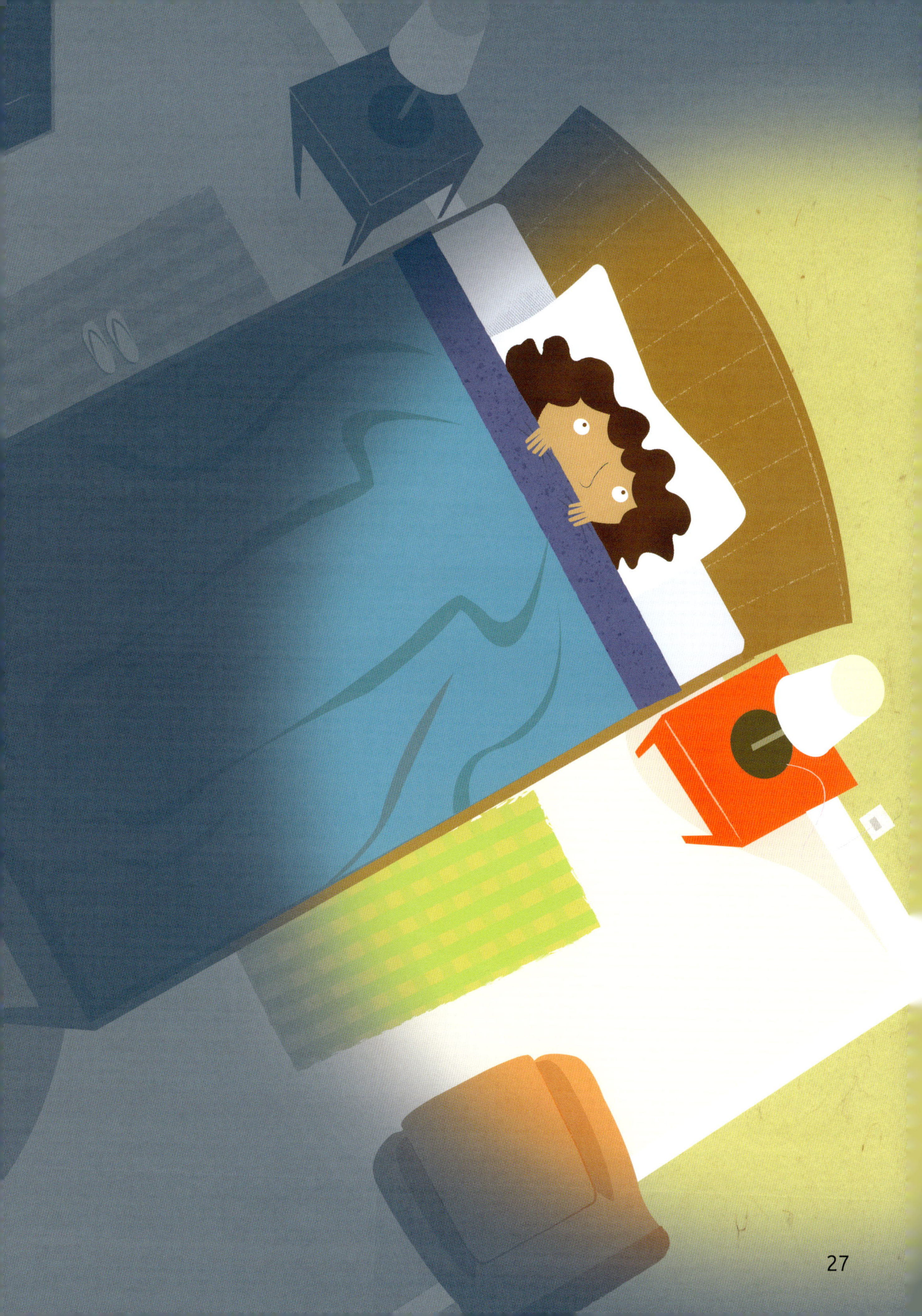

TODA NOITE É A MESMA HISTÓRIA,
SÓ QUE HOJE DECIDI: VAI SER DIFERENTE...

ELA ABRE A PORTA DA SALA,
OS OLHOS, ENTÃO, ARREGALA.
ACENDE A LUZ SEM DEMORA
E PERGUNTA, AINDA LÁ DE FORA:

— DARCI,
VOCÊ ESTÁ AÍ?

EU ME ARRASTO EM SUA DIREÇÃO.
ELA SÓ PRENDE A RESPIRAÇÃO.

FAÇO MEU OLHAR MAIS ENCANTADOR.
ELA FICA PARADA, MEIO SEM COR.

ABRE A BOCA, SEM NADA FALAR.
PARECE ATÉ QUE VAI DESMAIAR!

DÁ MEIA-VOLTA E FECHA A PORTA POR FORA.
SEM ENTENDER NADA, PERGUNTO NA HORA:
— MOÇA, VOCÊ ESTÁ AÍ?

SILÊNCIO.

ONDE ELA VAI PASSAR A NOITE, COITADA!
JÁ ESTOU FICANDO PREOCUPADA...

A PORTA SE ABRE, ENTÃO, DEVAGARINHO
E OUÇO SUA VOZ CHEIA DE CARINHO:

— DARCIZINHA, VOCÊ AINDA ESTÁ AÍ?

ELA FAZ, ENTÃO, UMA PROPOSTA DAQUELAS IRRECUSÁVEIS:
– PODEMOS SER AMIGAS, SÓ QUE SEPARÁVEIS.
VOCÊ AÍ, EU AQUI, ATÉ A GENTE SE CONHECER MAIS.
GOSTEI: ASSIM NÓS DUAS VAMOS VIVER EM PAZ!

QUEM SABE UMA NOITE DESSAS
A HISTÓRIA SEJA REALMENTE DIFERENTE:

ELA ABRE A PORTA DA SALA,
OS OLHOS NÃO MAIS ARREGALA.
ACENDE A LUZ SEM DEMORA
E PERGUNTA, AINDA LÁ DE FORA:

– DARCIZINHA, VOCÊ ESTÁ AÍ?

ENTÃO EU, ORGULHOSA,
APAREÇO PRA APRESENTAR

O TIO JURACI

E A PRIMA ARACI

QUE VIERAM ME VISITAR.

CARMEN LUCIA CAMPOS

Nasci em São Paulo e cresci numa casa com um quintal cheio de árvores. Desde pequena, era corajosa e louca por uma aventura. A coragem só ia embora quando sentia medo. O que me apavorava? Cobra, raios e trovoadas, escuridão e... lagartixa. Quando via uma, ficava paralisada, olhos arregalados e suando frio. Isso durou anos, até conhecer a Darci e descobrir que as lagartixas são do bem. Acho que agora vou conviver melhor com parentes da Darci que cruzarem meu caminho. Já escrevi diversos livros para crianças e adolescentes, mas este foi o único que me fez rir do meu medo. Fico só imaginando o susto de um bichinho tão inofensivo diante dos meus gritos de horror. Deve achar tudo muito ridículo!

MARCELLO ARAUJO

Nasci no Rio de Janeiro. Nas férias da escola, ia sempre para a casa dos meus avós no sul do Brasil. Foi lá que vi pela primeira vez parentes gaúchos da Darci. À noite, a casa era iluminada por lampiões que clareavam apenas pedaços das paredes. Foi nesses clarões de luz que vi as Darcis, às vezes imóveis, às vezes ágeis, dando seu show e engolindo mosquitos. Fiquei muito feliz quando a Carmen, amiga de muito tempo, e a Darci, essa desconhecida que conquistou meu coração e minha imaginação, me convidaram para ilustrar este livro. Para criar os desenhos, olhei o mundo do ponto de vista de uma *Hemidactylus mabouia* (lagartixa)... embora mosquitos eu ainda não tenha provado.

DARCI

Sou de uma família enorme, espalhada pelo mundo. Nasci por aí e vivo por aqui, por ali, por acolá. Já conheci muitos exemplares da espécie humana e não paro de me surpreender. Que seres mais esquisitos: se assustam com qualquer animalzinho, fazem o maior escândalo e logo querem espantar, caçar, matar o coitado! Verdade que nem entre eles se entendem: vivem brigando. Felizmente, encontrei seres humanos legais que me acolheram e até transformaram minha história neste lindo livro. Espero que mais gente descubra que nós, lagartixas, somos de paz e ainda ajudamos os humanos a se livrarem de mosquitos, nosso prato preferido.